Dans la même collection

Le plaisir des mots
Le livre de tous les pays
Le livre de la Bible
Le livre de la mythologie grecque et romaine
1 Le livre des fleurs
2 Le livre de la tour Eiffel
3 Le livre de la peinture et des peintres
4 Le livre des découvertes et des inventions
5 Le livre de l'hiver
6 Le livre de l'automne
7 Le livre du printemps
8 Le livre de l'été
9 Le livre des marins
10 Le livre de mon chat
11 Le livre de la montagne
12 Le livre du ciel
13 Le livre de tous mes amis
14 Le livre de tous les jours
15 Le livre du cheval
16 Le livre des chansons de France
18 Le livre des premiers hommes
19 La mode à travers les siècles
(Histoire du costume)
20 Le livre des maisons du monde
21 Le livre des arbres
22 Le livre des oiseaux
23 Le livre des bords de mer
24 Le livre de la langue française
25 Le livre de l'histoire de France
26 Le livre de tous les Français
27 Le livre des trains
28 Le livre de la découverte du monde
29 Deuxième livre des chansons
(de France et d'ailleurs)
30 Le livre du fleuve
32 Le livre du corps
34 De bouche à oreille
(Le livre des images de la langue française)
35 Le troisième livre des chansons de France
36 Le livre des uniformes
(Histoire du costume)
37 Le livre des grands voiliers
38 Le livre des avions
39 Le livre de la forêt
41 Le livre des conquérants
42 Le livre du livre

Dépôt légal : novembre 1987
Numéro d'édition : 41521
ISBN 2-07-039538-3
Imprimé par la Editoriale Libraria en Italie.

LE LIVRE DES FOUS VOLANTS
HISTOIRE DE L'AVIATION/1

Texte et illustrations de
Jame's Prunier

GALLIMARD

Avec une machine que je construisis
et que je m'imaginois estre capable
de m'eslever autant que je vouldrois,
je me precipité en l'air du feste d'une roche ;
mais par ce que je n'avois pas bien
pris mes mesures,
je culbuté rudement dans la vallée.
Tout froissé que j'estois,
je m'en retourné dans ma chambre
sans pourtant me decourager.
Je pris de la moesle de beuf
dont je m'oignis tout le corps,
car il estoit meurdry depuis la teste
jusques aux piedz,
et apres m'estre fortifié le cœur
d'une bouteille d'essence cordialle,
je m'en retourné chercher ma machine...

Cyrano de Bergerac

Ce livre appartient à ....

L'oiseau

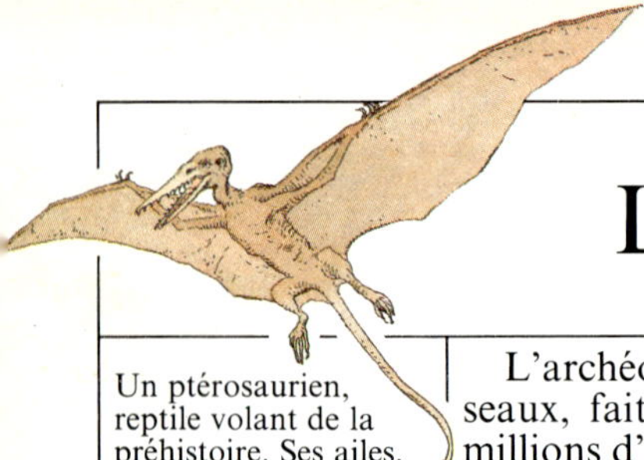

Un ptérosaurien, reptile volant de la préhistoire. Ses ailes, tendues par un doigt, sont de peau.

L'archéoptéryx, ancêtre des oiseaux, fait son apparition il y a 150 millions d'années. Une queue très longue, une mâchoire et des dents, des pattes recouvertes d'écailles, en font un descendant des reptiles. Son corps est recouvert de plumes et ses membres antérieurs sont transformés en ailes rudimentaires dont il ne se sert vraisemblablement que pour planer.

L'archéoptéryx à l'état fossile, le plus ancien des oiseaux connus

Le squelette de l'oiseau est formé d'os creux, mais robustes, certains soudés entre eux (comme ceux de la ceinture pelvienne, les vertèbres dorsales et lombaires, les omoplates et les clavicules), ce qui renforce l'appui des ailes et des pattes. Le bréchet en lame verticale permet aux pectoraux, très développés, de s'accrocher. Ce sont ces muscles, représentant 30 % du poids de l'oiseau, qui assurent le mouvement des ailes.

Après la disparition des dinosaures il y a 60 millions d'années, la classe des oiseaux se développe peu à peu, pour atteindre aujourd'hui le nombre de 8 600 espèces.

L'aile : sa forme est adaptée à chaque type de vol.

Ils brassent de leurs ailes
un liquide aérien
ils s'appuient vers le ciel
à un essentiel rien...

Bernard Lorraine

S'il vole très mal au début, l'oiseau devient au fil du temps une créature parfaite. Tout chez lui est sacrifié à la légèreté, la puissance et l'aérodynamisme.

Le vol du goéland : dans la phase descendante du battement, les ailes se portent en avant ; les rémiges - les grandes plumes - se courbent et propulsent l'oiseau. Dans la phase ascendante, elles s'écartent, laissant ainsi passer l'air.

La plume, un chef-d'œuvre de légèreté : 6 % du poids de l'oiseau

Les barbules, munies de crochets, relient les barbes, qui sont fixées au rachis.

Mythes et légendes

Depuis des milliers d'années, l'homme observe l'oiseau et tente de l'imiter. Les mythes et les légendes des plus anciennes civilisations témoignent de ce désir.

Voyez l'histoire d'Icare et de son père Dédale, prisonniers dans le labyrinthe du roi Minos, en Crète. Pour s'enfuir et traverser la mer, Dédale a l'idée de confectionner des ailes avec des plumes, fixées par de la cire. Passant outre les conseils de son père,

Icare est chû ici, le
jeune audacieux
Qui pour voler au ciel
eut assez de
courage :
Ici tomba son corps
dégarni de plumage,
Laissant tous braves
cœurs de sa chute
envieux.

Philippe Desportes

Tapis volant

Icare vole trop près du soleil. La chaleur fait fondre la cire et le malheureux est précipité dans la mer.

Une autre légende raconte l'envol du roi de Perse Kai Kaous (vers 1500 av. J.-C.). Voulant conquérir les cieux, il attache au bout de quatre longues perches, elles-mêmes fixées à son trône, des gigots de mouton. Puis il fait atteler quatre aigles nourris pendant un an et un mois exclusivement de viande de mouton. A jeun, les oiseaux, attirés par la nourriture, battent violemment des ailes et emportent dans les airs le roi et son étrange machine volante.

Le vol du serrurier Besnier (1678)

Les hommes volants

Les sauteurs de tour
Ces pionniers, animés du désir de voler, ignorent tout des principes du vol, et invariablement... se rompent les os. L'un d'eux, la cuisse brisée au pied du château écossais d'où il venait de « s'envoler », déclare que, s'il avait conçu ses ailes avec des plumes d'aigle et non de poulet, il aurait sans nul doute volé jusqu'à la lointaine France.

l'oiseau rend enragé
l'homme aux deux pieds
sur terre
captif de trop de murs

Bernard Lorraine

Léonard de Vinci découvre que l'empennage stabilisateur joue le rôle d'équilibre durant le vol ; il l'appelle l'aile bâtarde.

Au XVIe siècle, **Léonard de Vinci** est considéré par ses contemporains comme le plus grand génie de son temps. Son œil de peintre observe le vol et son esprit en traduit la technique.

Dès l'âge de trente ans jusqu'à la fin de sa vie, il se consacre au vol musculaire et à l'étude de machines plus ou moins compliquées : au total, 500 dessins et 35 000 mots. Mais ses idées sont irréalisables ; l'homme n'a pas la résistance physique nécessaire pour voler.

Un oiseau est un instrument
qui fonctionne
selon la loi mathématique,
instrument que l'homme est capable
de reproduire
avec tous ses mouvements...
Léonard de Vinci

Le vol musculaire à ailes battantes n'est pas la solution...

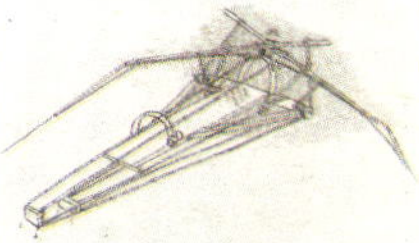

Machine à ailes battantes, dessinée par Léonard de Vinci. Les mains et les pieds actionnent les ailes.

Les machines imaginaires

Un ornithoptère à l'allure de chauve-souris, sur une gravure de Heath, 1829.

Si l'homme du XIXe siècle ne possède pas encore la technique du vol, il imagine les machines les plus extravagantes. Des gravures de cette époque nous montrent des ornithoptères mus par on ne sait quel moteur, qui emmènent des passagers sur un autre continent. En revanche, des chercheurs restent encore persuadés qu'un homme peut facilement actionner des ailes avec un levier et voler avec autant d'aisance qu'un oiseau.

L'Américain Théodore Stark a breveté, en 1893, cette machine à propulsion humaine.

Jules Verne (1890-1944)

Le romancier français Jules Verne, s'appuyant sur les connaissances techniques de son époque, imagine bon nombre de machines fantastiques, qu'il introduit dans ses récits d'aventures. Ainsi ce gigantesque navire soutenu dans les airs par une forêt d'hélices. Le navire volant de *Robur le conquérant*, propulsé par ses hélices avant et arrière, part à la découverte du monde, précédant les grands explorateurs aériens.

Thomas Edison dessine, vers 1880, cet ornithoptère, qui doit être propulsé par des moteurs électriques.

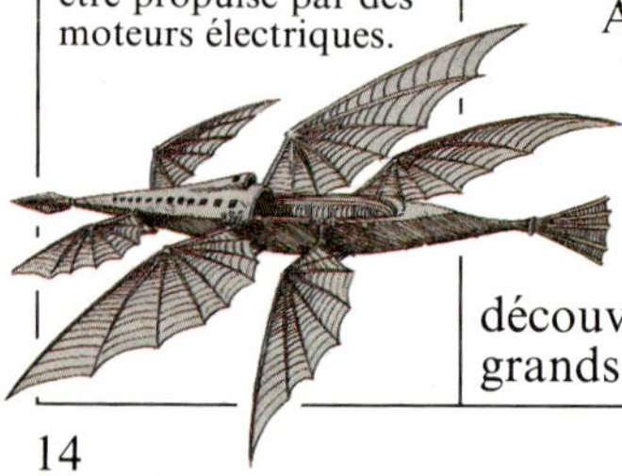

En 1843, le « char volant à vapeur » dû à l'imagination de l'Anglais William Samuel Henson stimule tous les chercheurs en aéronautique. Avec son associé, John Stingfellow, il est le premier à imaginer un monoplan à aile fixe, avec un empennage – servant à la fois de gouvernail de profondeur et de direction – un train d'atterrissage, deux hélices – propulsives, à six pales, entraînées par un moteur à vapeur de 25 ch – et un fuselage : du jamais vu jusque-là !

Mais faute d'argent, cette vision prophétique de l'avion moderne restera à l'état de maquette. Cet appareil vola quand même au-dessus de la Manche, au-delà même des pyramides et jusqu'à la lointaine Chine, mais en images, sur des foulards et des mouchoirs.

Le vol imaginaire de l'*Ariel*, « le char volant à vapeur » de W.S. Henson, sur une gravure de 1843

William Samuel Henson (1805-1888)

L'ornithoptère de l'Anglais Thomas Walker

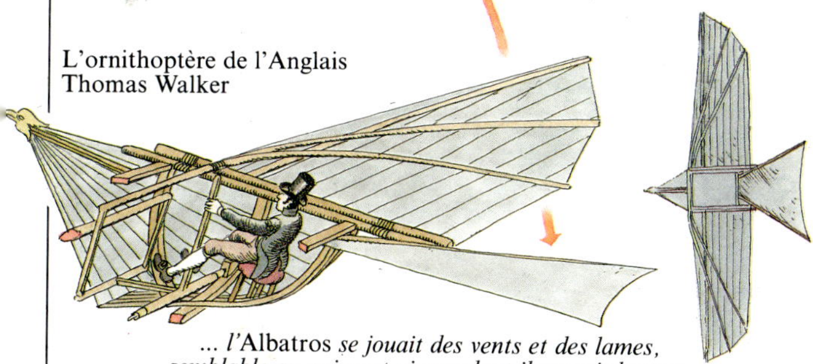

*... l'*Albatros *se jouait des vents et des lames,*
semblable au puissant oiseau dont il portait le nom.
S'il ne lui plaisait pas de se promener
à leur surface comme les pétrels,
il pouvait, comme les aigles,
trouver dans les hautes couches
le calme et le soleil.
Jules Verne

Les cerfs-volants

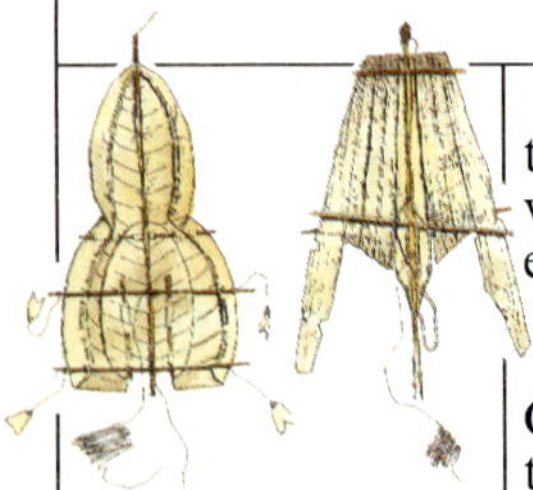

Cerfs-volants
du Sud-Est asiatique

Très répandus au XIIe siècle, dans tout le Sud-Est asiatique, les cerfs-volants font aussi bien partie des fêtes et des cérémonies religieuses que de la vie courante. Ils auraient servi aussi à faire la guerre ; les Japonais et les Chinois y accrochaient un observateur. On raconte que bandits et guerriers les utilisaient pour planer dans les airs...

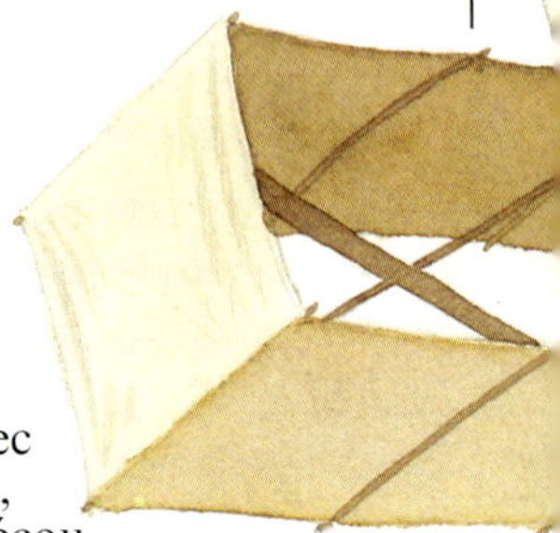

Un des premiers cerfs-volants européens
du XIVe s

A l'époque des voyages de Marco Polo et des échanges avec l'Orient (XIIIe s.), les Européens découvrent le cerf-volant. Ils s'en servent alors comme étendard, comme objet de décoration ou de distraction. Mais les Occidentaux

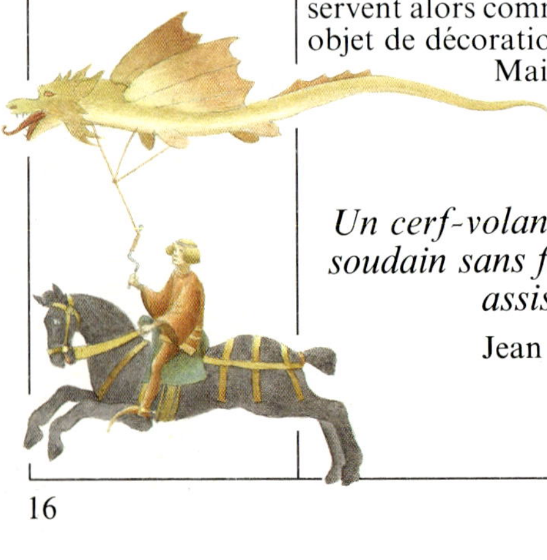

Un cerf-volant de ton enfance
soudain sans fil tu t'émancipes
assis dessus

Jean Cocteau

ignorent jusqu'au XIXe s. que c'est dans l'armature rigide du cerf-volant que se cache le secret du vol...

Le « char volant » de George Pocock, en Angleterre. En 1827, attelé à une paire de cerfs-volants spécialement conçus par Pocock, le véhicule parcourt les 65 km qui séparent Bristol de Marborough à la vitesse de 32 km/h. Selon l'inventeur, il n'y eut ni secousses, ni tangage.

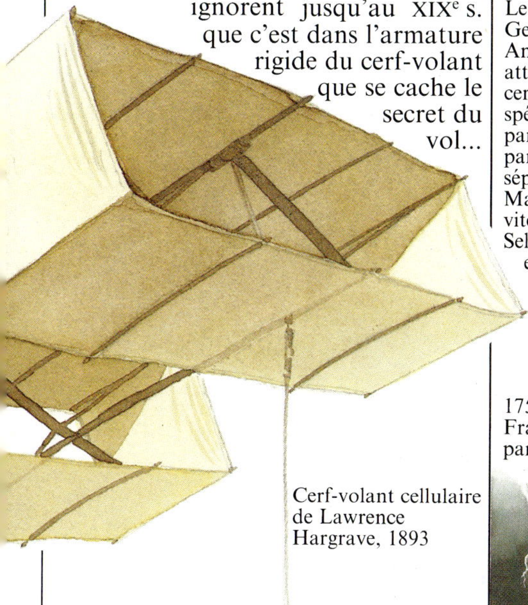

Cerf-volant cellulaire de Lawrence Hargrave, 1893

1752 : Benjamin Franklin invente le paratonnerre.

Vers 1890, dans la lointaine Australie, un homme observe la façon dont les oiseaux planent. Il essaie de mettre en pratique ses réflexions à l'aide de cerfs-volants. Cet homme, c'est Lawrence Hargrave. S'intéressant aussi à la stabilité et à la force ascensionnelle, il met au point, en 1893, le cerf-volant cellulaire, constitué de structures en forme de boîte, ou cellules. En 1894, il réussit à s'élever à 5 m du sol grâce à quatre cerfs-volants de ce type. La voilure biplan des futurs avions sera établie sur ce principe.

Les plus légers que l'air

1783, premier voyage en ballon à gaz avec les Français Charles et Robert.

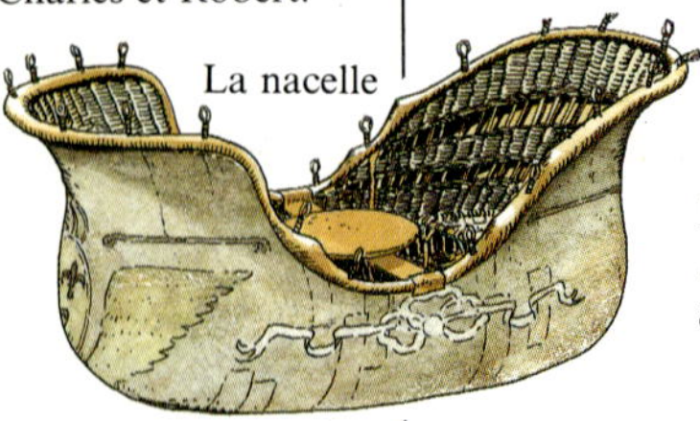

La nacelle

La montgolfière, avec le marquis d'Arlandes et Pilâtre de Rozier

Premières tentatives, premiers exploits

Le XVIIIe siècle voit naître les aérostats. Ces ballons captivent à ce point qu'on en oublie l'aile artificielle.

En 1783, Joseph et Etienne Montgolfier – des fabricants de papier – enferment de l'air chaud dans un globe. L'idée leur serait venue en jetant au feu un sac d'emballage qui s'éleva dans la cheminée. D'autres inventeurs avaient pensé avant eux à de telles expériences.

Mais c'est aux deux frères Montgolfier que l'on doit la réalisation du premier engin « plus léger que l'air », présenté au public le 5 juin 1783 à Annonay.

Le 19 septembre, un mouton, un coq et un canard sont les premiers usagers d'une montgolfière : les premiers voyageurs aériens du monde.

Le 21 novembre, le marquis d'Arlandes et Pilâtre de Rozier sont les deux premiers hommes à s'élever dans les airs : vingt-cinq minutes à bord d'une montgolfière.

En 1798, Jeanne Labrosse-Garnerin devient la première femme aéronaute.

En 1868, le célèbre photographe Nadar réalise les premières photographies aériennes.

En 1901, l'Allemand Berson s'élève à 10 500 m d'altitude.

Le 7 janvier 1785, Blanchard et Jeffries traversent la Manche.

Le chevalier de Testu-Brissy réalise une ascension équestre à Meudon, en 1798.

Projet d'un vaisseau fantastique, dû à l'imagination de Dunker, en 1784

Ces exploits transforment peu à peu l'aérostation en attraction : courses et promenades en ballon font les beaux dimanches des gens riches.

Le ballon s'en va en guerre...

La première utilisation du ballon à des fins militaires a lieu à la bataille de Fleurus, en 1794 ; l'observateur embarqué envoie ses messages à l'aide de sacs de sable qu'il laisse glisser le long des cordes d'attache du ballon. L'ennemi tente de crever l'aérostat au canon : ainsi naît la défense antiaérienne.

La bataille de Fleurus

Les ballons

Système d'attache de la nacelle et du cercle de charge

La nacelle (8) en osier est suspendue au cercle de charge (6), qui en répartit le poids sur toute la surface de l'enveloppe grâce à un filet de chanvre (3).

Le ballon à gaz
L'enveloppe (4) est faite d'un tissu léger et serré, résistant et imperméable grâce à une couche de vernis ou de caoutchouc. A sa base, le manchon d'appendice (5) permet de la gonfler avec un gaz plus léger que l'air.

Le fonctionnement du ballon à gaz

Le ballon s'élève jusqu'à ce que son poids s'équilibre avec celui de l'air ambiant. Pour monter, on lâche du lest – des sacs de sable – (9) et, pour descendre, on ouvre, grâce à une corde, une soupape (2) qui libère du gaz. Quand on est près du sol, la corde qui pend à terre – le guiderope (7) – permet d'évaluer sa distance par rapport au sol. A l'atterrissage, on ouvre le panneau de déchirure (1) pour laisser échapper le gaz rapidement, afin d'éviter que le ballon ne soit traîné sur le sol par le vent.

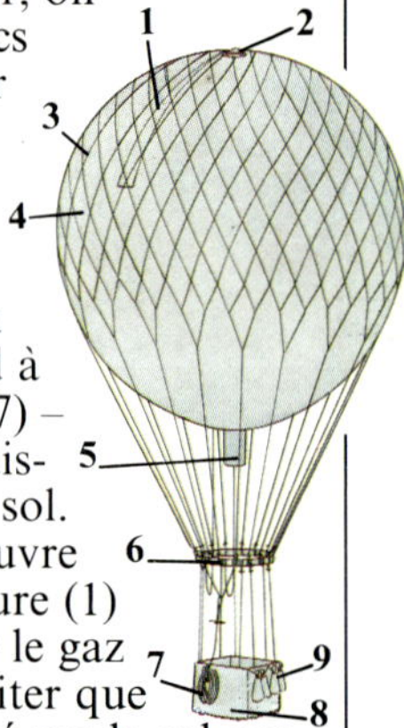

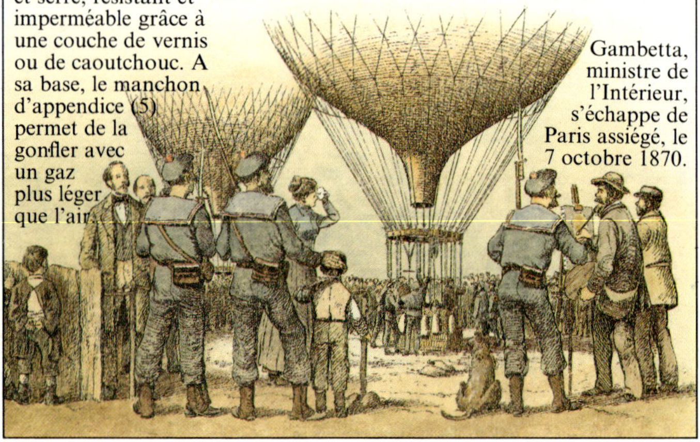

Gambetta, ministre de l'Intérieur, s'échappe de Paris assiégé, le 7 octobre 1870.

Le parachute

Le parachute
de Léonard de Vinci

... son corps, peu à peu, prit la légèreté des plumes, sa chair, une aérienne apparence. Les jolis nuages qui s'étirent sur les coteaux, entre le soleil et la pluie, glissèrent sur ses seins leurs flottantes écharpes.

Pierre Courthion

Une nacelle-parachute de Mme Poitevin. Elle fit 571 ascensions en pratiquant la technique d'Elisa Garnerin : le saut « à ballon perdu ».

A Cordoue, en 852, à l'époque des sauteurs de tours, on raconte que le savant arabe Armen Firman, s'essayant au vol, fut freiné dans sa chute par sa large cape : ce vêtement, emprisonnant l'air dans ses plis, était en quelque sorte le premier parachute.

Le premier saut
de Jacques Garnerin

Le premier à concevoir le principe du parachute est Léonard de Vinci : « Pourquoi ne s'appuierait-on pas sur l'air pour se freiner dans une descente ? » Son projet n'est pas au point, mais l'idée est là.

En 1784, Lenormand, Blanchard, Montgolfier, tentent quelques expériences, mais, le 22 octobre 1797, à Paris, Jacques Garnerin, après avoir testé son parachute avec des animaux, ose se jeter d'un ballon dans le vide. C'est le premier parachutiste. Toute-

fois, son engin oscille et il atterrit tant bien que mal. Pour le stabiliser, il aurait suffi de pratiquer une ouverture au sommet de la coupole afin de permettre à l'air de s'écouler régulièrement. C'est ce qui manquait au parachute de Vinci.

Franz Reichelt et son habit-parachute

Les femmes, elles aussi, font preuve d'audace. La femme de Garnerin, Jeanne Labrosse-Garnerin, devient la première parachutiste du monde. Mais la plus célèbre est la nièce de Garnerin, Elisa, qui attire les foules en réalisant, entre 1815 et 1836, quarante sauts « à ballon perdu ».

Le 4 février 1912, Franz Reichelt, tailleur autrichien, vêtu d'un habit-parachute, tente d'exécuter un vol plané, en sautant du premier étage de la tour Eiffel. Il crie aux spectateurs « A bientôt ! » Sa chute dure cinq secondes. Il s'écrase au sol.

En 1837, le peintre Robert Cocking tente de perfectionner le parachute en inversant le cône : la descente est catastrophique et Cocking trouve la mort à soixante et un ans.

Les dirigeables

Projet de Francesco de Lana Terzi (1670). Son aérostat comprend quatre sphères de cuivre vidées d'air.

Un gouvernail permet de diriger l'appareil. Un moteur léger entraîne une hélice. Le poids de ces éléments est réparti le long de l'enveloppe grâce à une longue poutre en treillis d'où partent les suspensions.

L'hélice : elle peut être tractive – pour tirer – ou propulsive – pour pousser.

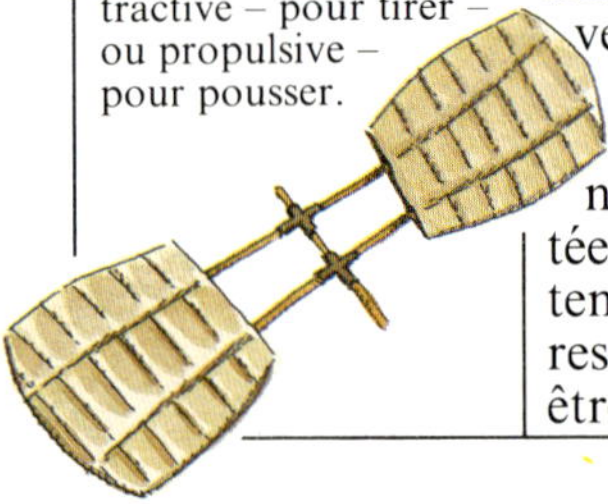

Le ballon est malheureusement sujet aux humeurs du vent. Pour pallier cet inconvénient, on a eu l'idée de construire un aérostat que l'on pourrait propulser et gouverner : le « dirigeable ».

Pour avancer, le dirigeable doit avoir une forme aérodynamique – une enveloppe allongée. Pour que l'enveloppe de toile **souple** garde sa forme, et que le dirigeable glisse dans l'air, il faut que la

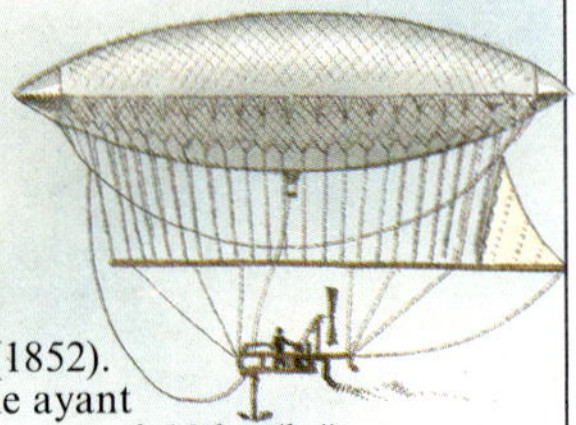

Le dirigeable d'Henri Giffard (1852). Premier dirigeable ayant volé (de Paris à Trappes à 10 km/h !). Il n'est que partiellement contrôlable.

pression du gaz soit très forte. Or, celle-ci augmente en altitude et le ballon risque d'éclater. Alors, on le déleste d'un peu d'hydrogène. Mais une fois le ballon redescendu, l'enveloppe, privée d'une partie de son gaz, est flasque et inefficace. On gonfle alors des ballonnets d'air compensateurs, qui se trouvent à l'intérieur de l'enveloppe, pour lui redonner sa forme.

Les dirigeables plus grands deviennent **semi-rigides**. Une quille est ajoutée à la base de l'enveloppe pour maintenir la forme. La partie supérieure reste souple, la pression du gaz peut être alors plus faible.

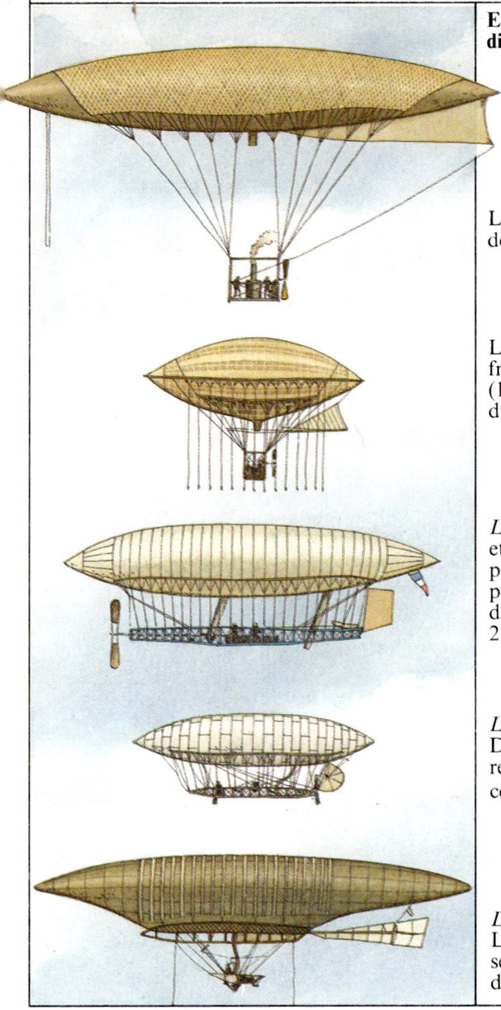

Evolution des premiers dirigeables

Le dirigeable de Giffard (1855)

Le dirigeable des frères Tissandier (1883) : premier dirigeable électrique

La France, de Renard et Krebs (1884) : premier ballon à pouvoir être vraiment dirigé. Vitesse : 23 km/h

Le N° 6 de Santos-Dumont (1901), qui va rendre son inventeur célèbre.

Le Jaune des frères Lebandy (1902), semi-rigide : premier dirigeable fonctionnel

Le LZ8, dirigeable de tourisme de Zeppelin

Les dirigeables **rigides** présentent des dimensions encore plus impressionnantes. L'enveloppe de toile est tendue sur une véritable carcasse métallique à laquelle sont accrochés nacelles et empennages. A l'intérieur, le gaz léger est contenu dans des ballonnets répartis sur toute la longueur.

Ferdinand von Zeppelin

Ferdinand von Zeppelin, comte allemand, dote son pays d'une véritable flotte de dirigeables rigides. En 1918, il existe déjà 113 *Zeppelins.* Pendant la Première Guerre mondiale, ils bombardent de nuit Londres et Paris. En temps de paix, ils s'imposent comme courriers aériens.

Santos-Dumont se couvre de gloire le 17 octobre 1901, avec son dirigeable *N° 6* ; il part du parc de Saint-Cloud, puis contourne la tour Eiffel et revient à Saint-Cloud en trente minutes. Il reçoit un prix de 100 000 francs, créé en 1900 par M. Deutsch de la Meurthe.

Santos-Dumont, riche Brésilien, s'installe en France dès 1898 pour se consacrer dans un premier temps à l'aérostation.
Il construit, de 1898 à 1907, douze dirigeables souples.

Alberto Santos-Dumont

Sir George Cayley

George Cayley (1773-1857) est né dans le Yorkshire, province anglaise. Considéré par beaucoup comme le père de la navigation aérienne, il se consacre de 1796 à 1853 à l'aéronautisme, construit et fait voler de petits planeurs.

George Cayley comprend et distingue les notions de portance et de propulsion. « Tout le problème consiste en ceci, écrit-il : faire supporter à une surface une charge donnée, par l'emploi d'une force capable de prendre appui sur l'air ». Un aéroplane doit donc avoir des ailes fixes qui assurent la

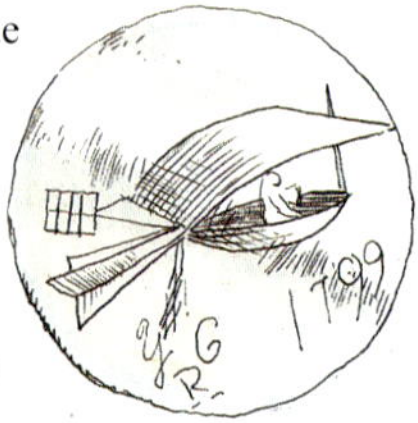

Il grave sur un disque d'argent le dessin du premier aéroplane de conception moderne et inscrit au dos ses principes de vol, qui influenceront les réalisations futures.

portance de l'engin à condition que celui-ci soit propulsé à une certaine vitesse. Le vol est stable si la portance est égale au poids de l'aéroplane. Si elle

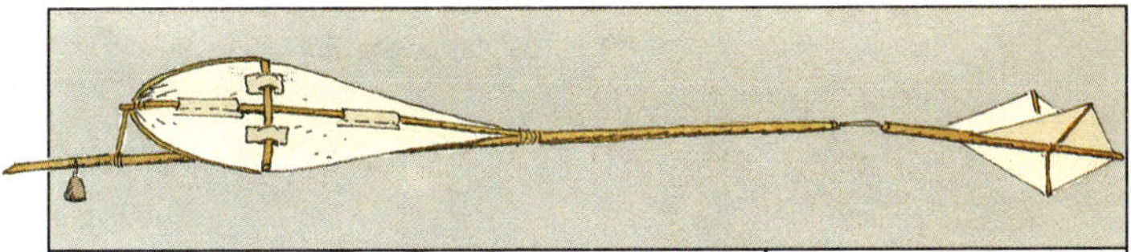

est supérieure, l'aéroplane monte, si elle est inférieure, l'aéroplane descend.

Les travaux de Cayley s'avèrent concluants lorsqu'en 1849 un garçon de dix ans est soulevé sur plusieurs mètres par un planeur triplan qui « dévale » une colline. En 1853, alors âgé de quatre-vingts ans, Cayley

ordonne à son cocher de prendre place dans la machine pour un autre essai, caressant l'espoir de voir s'accomplir le premier vol contrôlé d'un plus lourd que l'air.

Le planeur-cerf-volant de 1804, premier modèle réduit qui ait volé. Il a une aile fixe inclinée et un empennage arrière en forme de croix pour contrôler la direction verticale et horizontale. Un poids mobile assure l'équilibre et procure au planeur un vol régulier.

Le parachute manœuvrable de 1852. Ce planeur devait être lancé à partir d'un ballon.

Le vol plané du cocher de Cayley. Après un vol plané cahotant jusqu'au bas de la colline, le cocher sort tout secoué de l'appareil : « Avec votre permission, Sir George, je ne désire plus rester à votre service, j'ai été engagé pour conduire, non pour voler ! »

Les plus lourds que l'air

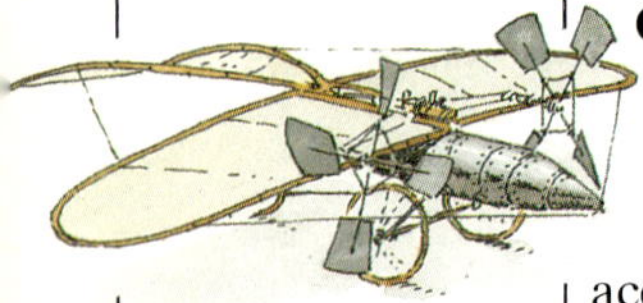

Maquette d'aéroplane du mécanicien horloger Victor Tatin (1879), à moteur à air comprimé

Qui a volé le premier ?

Lâchés d'un ballon, tirés par un cheval ou glissant le long d'une pente, de nombreux émules de Cayley, en cette fin du XIXe siècle, accomplissent de courts vols planés, ou se rompent les os avec leurs drôles de machines. L'histoire n'a retenu que quelques noms : Le Bris, Penaud, du Temple, Golubev, Montgomery...

Jean-Marie Le Bris, capitaine de la marine française, durant ses courses sur les océans, observe le vol de l'albatros. Afin de l'étudier de plus près, il en tue un et ainsi « découvre tout le mystère du vol ». En 1856, il construit alors une machine et, d'une charrette tirée par un cheval au galop, s'envole à 100 mètres de haut. A son deuxième essai, il se brise la jambe.

Le planeur à rémiges du Français Biot (1879).

Pour le diriger, Biot met ses pieds dans des étriers, puis actionne l'empennage arrière.

Le planeur de Jean-Marie Le Bris (1856) une copie de l'albatros

Alphonse Penaud, ingénieur naval, invente en 1871 le moteur à caoutchouc, qu'il adapte sur un planeur de 50 cm de long. Avec *le Planophore*, la

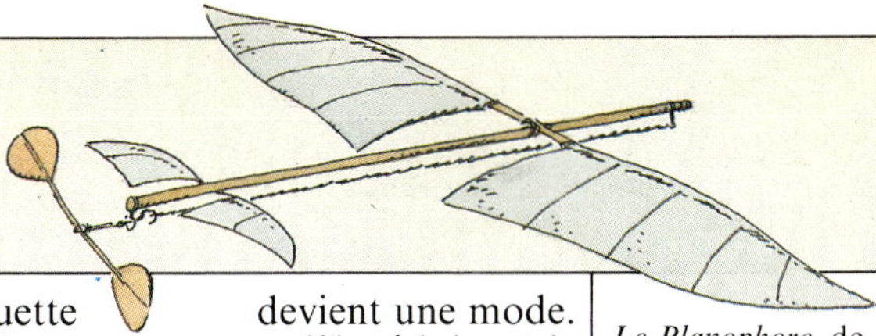

Le Planophore, de Pénaud (1871)

maquette devient une mode. Ce planeur modèle réduit est le premier appareil stable à pouvoir voler – 60 m en treize secondes.

Deux hommes parviennent à « décoller » en « dévalant » une pente avec leur machine. Mais ils retombent au sol presque aussitôt. Le Français Félix du Temple – encore un officier de marine – réalise en 1874 le premier décollage d'un véritable aéroplane. Le Russe I. N. Golubev réédite cet exploit en 1884, sur un monoplan à vapeur, conçu par Alexandre Mojaisky.

Alphonse Pénaud (1850-1880)

En 1884, le Californien John Montgomery, lâché d'un ballon, exécute son premier saut avec son planeur-parachute.

Le moteur capable de faire décoller un « plus lourd que l'air » n'existe pas encore, pas plus que le vol contrôlé.

Le décollage de Félix du Temple (1874)

Clément Ader

Le Français Clément Ader (1841-1925). Sa première réalisation, en 1873 : un planeur amarré au sol, constitué de plumes d'oie, avec lequel il s'élève.

Clément Ader étudie l'électricité et les moteurs à vapeur et devient un pionnier du téléphone, ce qui lui assure les moyens matériels de concrétiser ses projets de vol.

La roussette des Indes, une chauve-souris, lui inspire son premier aéroplane, qu'il appelle *l'Eole* – le dieu du vent – surnommé aussi Avion. Le 9 octobre 1890, à Armainvilliers, il décolle à quelques centimètres du sol sur 50 m. C'est le premier homme au monde à « voler » avec une machine entraînée par son propre moteur.

Aidé financièrement par le ministère de la Guerre, directement intéressé, il

construit *l'Avion III*. Le 14 octobre 1897, devant une commission militaire, il fait une démonstration au camp de Satory. A 17 h 15, par vent trois quarts arrière, l'avion s'élance... l'envol est faible... quand soudain une rafale fait brusquement sortir l'appareil de la piste. La commission juge l'essai peu concluant et le ministère retire son soutien financier. Ader affirme pourtant avoir volé sur 300 m. Déçu, et sans argent pour continuer ses travaux, il brûle son laboratoire et les résultats de toutes ses recherches.

Ni chauve
Ni souris,
Elle qui vole
On l'injurie
Par jalousie.

F. Kiesel

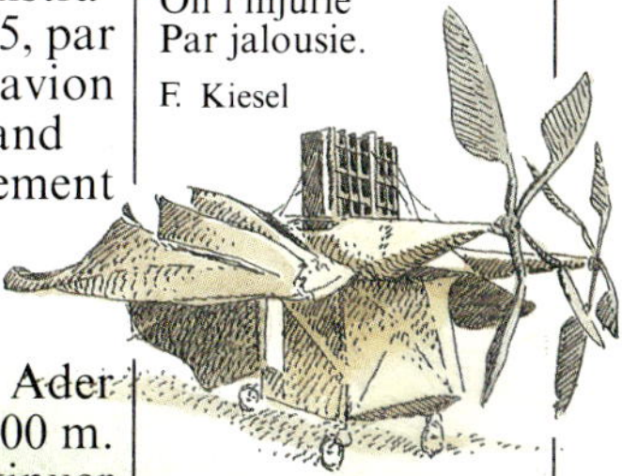

L'Avion III de Clément Ader. Les ailes se replient pour faciliter son transport.

Otto Lilienthal, l'homme volant

Cette réputation d'« homme volant » est due aux récits illustrés et aux photographies des glissades de Lilienthal parues à travers le monde. Cet Allemand, né le 24 mai 1848, en Poméranie est le premier à prendre conscience que le pilote doit maîtriser son corps et son appareil pour assurer l'équilibre du vol. Très jeune, il étudie avec son frère Gustav le vol des oiseaux. Dès 1860, Otto et Gustav construisent des machines sommaires Entre 1891 et 1896, Otto fabrique 12 monoplans.

Otto Lilienthal (1848-1896)

Otto Lilienthal étudie la physique et obtient un brevet d'ingénieur. Il consacre alors tous ses loisirs à faire des expériences sur la résistance de l'air et sur la portance de l'aile en fonction de sa courbure.

En 1891, dans la banlieue berlinoise, Otto construit son premier planeur, en bois de saule recouvert de toile. Il accomplit des essais dans son jardin en sautant d'un tremplin – jusqu'à 2,50 m – puis du haut de buttes, ensuite du toit de son hangar – à 10 m du sol –, et enfin du sommet de la colline artificielle, haute de 15 m, qu'il fait élever pour pouvoir planer plus librement selon la direction du vent. Durant ses vols publics, il réussit des « glissades » de 200 à 300 m (à 10 m/seconde) qui l'élèvent jusqu'à 23 m.

« Voler et tomber... voler et tomber... jusqu'à ce que nous puissions voler sans tomber. » En cinq ans, il effectue plus de 2 000 vols planés.

En 1896, alors qu'il essaie un biplan destiné à recevoir un moteur, une rafale le déséquilibre, le planeur décro-

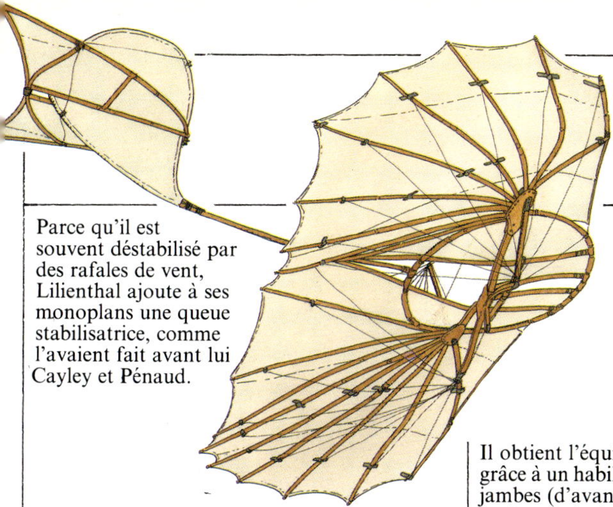

Parce qu'il est souvent déstabilisé par des rafales de vent, Lilienthal ajoute à ses monoplans une queue stabilisatrice, comme l'avaient fait avant lui Cayley et Pénaud.

che. Après une chute de 15 m, la colonne vertébrale brisée, Otto prononce cette dernière phrase : « Les sacrifices sont nécessaires ».

Il obtient l'équilibre grâce à un habile jeu de jambes (d'avant en arrière, latéral...) et du corps, et oriente sa trajectoire dans le sens désiré.

A l'aube du XXe siècle

Pilcher (1866-1899) et *le Faucon*

L'Ecossais Percy Pilcher et l'Américain Octave Chanute poursuivent l'œuvre de Lilienthal.

Pilcher, après avoir rencontré Lilienthal en 1895 et essayé ses machines, construit quatre planeurs. Avec *le Faucon*, de 1896, il obtient les meilleurs vols – 200 à 300 m. Bien qu'équipé d'un train d'atterrissage – monté sur ressorts –, cette machine reprend la conception des planeurs de Lilienthal : le pilote est suspendu, et l'empennage monté sur charnière se relève librement si une rafale le prend par-dessous, ceci pour éviter que l'appareil pique du nez. Lors d'un vol de démonstration, le 30 septembre 1899, une poutre de la queue se casse. C'est la chute. Grièvement blessé, Pilcher meurt deux jours plus tard.

Octave Chanute (1832-1910)

Oh ! sur des ailes dans les nues
Laissez-moi fuir ! laissez-moi fuir !
Loin des régions inconnues
C'est assez rêver et languir !

Victor Hugo

Le planeur biplan de Chanute

Chanute, ingénieur des chemins de fer, écrit en 1894 un livre intitulé *les Progrès des machines volantes*. Il a

soixante-deux ans. Il fréquente assidûment les pionniers de l'époque. Désintéressé, il les fait bénéficier de ses travaux et de ses écrits.

A partir de 1896, il construit des planeurs multiplans. Puis, l'aboutissement de ses recherches donne naissance à un beau planeur biplan, à empennage cruciforme, qui influencera directement les réalisations futures.

L'Américain Hiram **Maxim** est ingénieur électricien. Il s'installe en 1882 en Angleterre pour se consacrer à sa vocation nouvelle. De ses travaux naît une gigantesque machine pour quatre passagers.

L'énorme machine de Maxim :
Surface : 370 m^2.
Envergure : 31 m.
Poids : 3,500 t.
2 moteurs à vapeur de 100 ch chacun.
2 hélices de 5,50 m de diamètre.
Essai en 1894, Baldwyn's Park, Kent.
L'appareil repose sur ses rails. Des contre-rails sont prévus pour l'empêcher de s'envoler totalement. La puissance des moteurs propulse le biplan à 70 km/h. Celui-ci en s'élevant brise un contre-rail, un éclat endommage une hélice : Maxime arrête les moteurs. Beaucoup d'argent dépensé pour ce seul essai.

Maxim démontre la légèreté de son moteur.

L'Aérodrome de Samuel Langley

Le professeur Samuel Pierpont Langley, (1834-1906), également secrétaire de l'institution scientifique la plus éminente d'Amérique.

Peu avant la grande aventure des frères Wright, un américain retient l'attention de tous.

Le professeur Samuel Pierpont Langley n'est pas un inventeur un peu fou, mais un savant et un astronome. Il réussit à faire voler un modèle réduit à vapeur, catapulté sur le fleuve Potomac, sur plus d'un kilomètre ! Il appelle *aérodrome* ce type d'aéroplane à ailes en tandem et à forte cambrure.

En 1898, le gouvernement des Etats-Unis lui offre 50 000 dollars s'il construit un avion « grandeur réelle » et piloté ; cet appareil serait destiné à des fins militaires. En 1903, *l'Aérodrome* est prêt pour les essais sur le Potomac. Le 7 octobre, le pilote Manly s'installe à bord et, du haut de la maison flottante, l'avion est catapulté. Il entame aussitôt un piqué et plonge dans le fleuve.

Sur le fleuve Potomac, en 1903. *L'Aérodrome* sur sa plate-forme de lancement au sommet du hangar flottant.

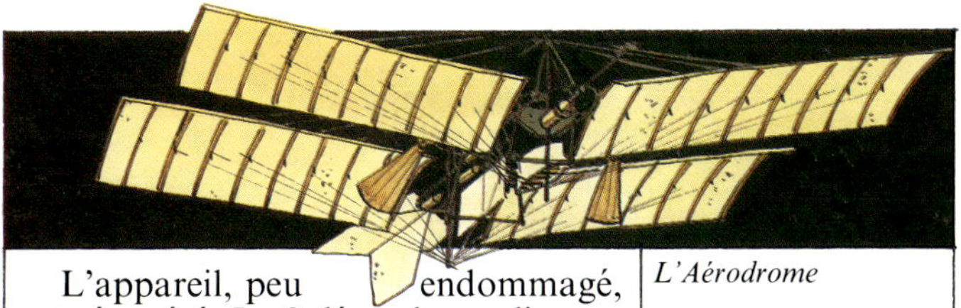

L'appareil, peu endommagé, est récupéré. Le 8 décembre, a lieu un nouvel essai. Dès le catapultage, l'aile arrière se replie, et *l'Aérodrome* se cabre et s'abîme : nouvel échec.

L'Etat retire son aide. Découragé, ridiculisé par la presse, Langley arrête ses recherches. Il meurt le 28 février 1906.

L'Aérodrome

Allons ! des ailes ou des voiles !
Allons ! un vaisseau tout armé !
Je veux voir les autres étoiles
Et la croix du sud enflammée.

Victor Hugo

Les frères Wright

Passionnés de bricolage et d'expériences mécaniques, les frères Wright ont aussi des projets de vol. La mort de Lilienthal ravive leur intérêt pour le plus lourd que l'air et ils décident de devenir les premiers hommes à évoluer sur un vrai avion muni d'un vrai moteur.

Ils étudient méthodiquement le vol des oiseaux et toute la littérature aéronautique envoyée par Chanute.

Pour réaliser leurs expériences, ils choisissent de s'installer dans une baraque sur un terrain de Kitty Hawk (Caroline du Nord), petit village de pêcheurs face à l'Atlantique. Il y a là de grandes plages et beaucoup de vent. C'est là, le 17 décembre 1903, avec le vol du *Flyer*, qu'ils connaissent la célébrité.

Wilbur Wright effectue un virage avec son planeur en 1902, grâce à la technique du vol par gauchissement des ailes.

La soufflerie mise au point par les Wright leur permet de tester les profils des ailes. Successivement, à partir de 1899, ils font voler des cerfs-volants, des planeurs et des aéroplanes.

Laconisme de l'aile ! ô mutisme des forts...
muets sont-ils, et de haut vol,
dans la grande nuit de l'homme.
Mais à l'aube, étrangers, ils descendent vers nous :
vêtus de ces couleurs de l'aube – entre bitume et givre –
qui sont les couleurs mêmes du fond de l'homme.

Saint-John Perse

Le vol contrôlé

Atteignent-ils les astres ? Non.
Mais ils montent jusqu'aux nuages.
Vers le rêveur, leur compagnon,
Ils vont, familiers et sauvages.

Victor Hugo

En 1905, avec le *Flyer III*, les Wright accomplissent un vol de trente-huit minutes sur 39 km !

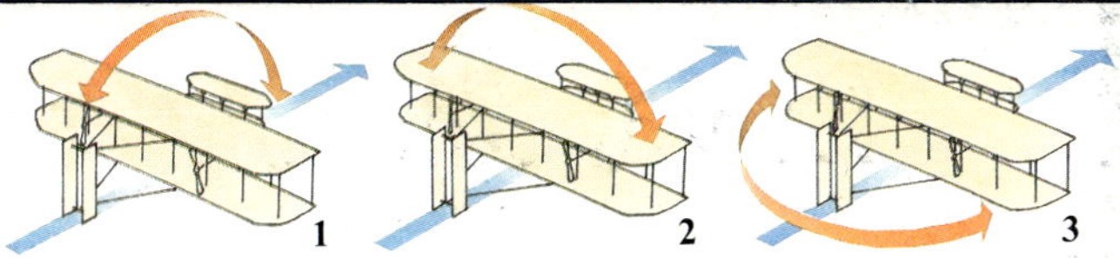

Le 17 décembre 1903, il fait froid et le vent du nord-est souffle très fort. L'avion baptisé *Flyer* est là, posé sur un chariot, sur le rail de lancement, face au vent.

Le vol contrôlé :
1/Le tangage
2/Le roulis
3/Le lacet

Sur le *Flyer* de 1903, le pilote est couché, la main gauche posée sur la commande de profondeur, et le bassin agit sur le gauchissement et la direction.

Trois mouvements commandés par : le gouvernail de profondeur (le tangage), le gauchissement des ailes (le roulis), le gouvernail de direction (le lacet)

Qui va voler le premier ? Une pièce de monnaie, pile ou face, désigne Orville. Le vol dure douze secondes et la distance parcourue est de 36 m.

Le *Flyer* volera quatre fois ce jour-là, les deux frères se succédant aux commandes. Le dernier vol, le plus long, dure cinquante-neuf secondes et couvre 260 m : au total quatre-vingt-dix-huit secondes de vol contrôlé. Les frères Wright ont gagné leur pari ! Ils sont les premiers au monde à avoir tenu l'air avec un aéroplane motorisé qu'ils dirigent entièrement.

Orville Wilbur

Santos-Dumont et Ferber

La transition du dirigeable à l'aéroplane : Santos-Dumont essaie, en 1906, les gouvernes de son avion *XIV bis* accroché sous son dirigeable *N° 14*.

Au début du siècle, l'aviation est, en Europe, éclipsée par le succès des ballons dirigeables. C'est pourtant un aéronaute qui va susciter l'intérêt du public pour le vol des plus lourds que l'air.

« Je suis Santos, je pèse 41 kg sans mes chaussures, mais avec mes gants. » Ainsi se présente Alberto Santos-Dumont. Déjà la coqueluche du tout-Paris, il accroît sa popularité en inscrivant à son palmarès le premier vol homologué, en Europe, d'un aéroplane à moteur, le 12 novembre 1906, à Bagatelle. Il parcourt 220 m en vingt et une secondes à 41 km/h, et remporte du même coup le prix Deutsch-de-la-Meurthe, offert à qui volera plus de 50 m en ligne droite,

Il a une drôle d'allure, *le XIV bis* de Santos-Dumont. De conception dite « en canard », avec des cellules de type

La Demoiselle de 1908

Hargrave, dont une se trouve à l'extrémité d'un long cou et sert à gouverner l'appareil. Et, comme pour accentuer l'excentricité de son pilote, il vole à l'envers ! En fait, le moteur entraîne une hélice propulsive. Cet avion ne peut faire mieux que les 220 m parcourus. Santos-Dumont n'en reste pas là, et construit une série de superbes petits monoplans dérivés de sa célèbre *Demoiselle* de 1908 – aéroplane aussi populaire que son auteur.

Avant Santos-Dumont, le capitaine français Ferdinand Ferber fait figure de précurseur du vol en Europe.

En 1898, influencé par Lilienthal – il a alors trente-six ans –, il commence par construire des planeurs. Son premier vol, en 1901, est de 15 m.

Lié d'amitié avec Octave Chanute, il suit les travaux de celui-ci et les exploits des frères Wright. Il construit à son tour un aéroplane motorisé et met au point un système d'essai de pilotage en accrochant son avion à une grue, ce qui lui permet de présenter toujours l'appareil face au vent : c'est le premier simulateur de vol.

Avec son *Avion nº 6*, il met en évidence, en 1905, les lois de la stabilité grâce aux ailes en dièdre. Celles-ci forment, vues de dessus une flèche (1), vues de face un V (2), et vues de côté un angle avec l'axe du plan arrière de l'avion (3) : ce sont les trois dièdres. En juillet 1908, Ferber vole avec *l'avion nº 8* à Issy-les-Moulineaux.

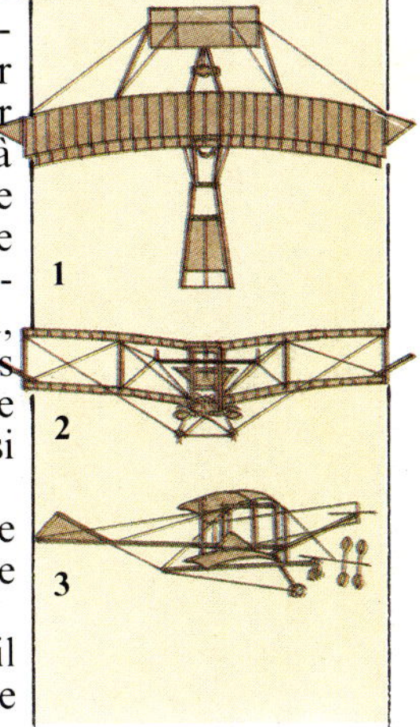

L'avion nº 6, de Ferber

Le capitaine
Ferdinand Ferber,
(1862-1909)

Les premiers vols européens

L'appareil du Hongrois
Trojan Vuia (1906)

Juste avant le succès des frères Wright et bien après la tentative de Ader, l'Allemand Karl Jatho exécute avec sa machine de courts vols en 1903, dont un bond incontrôlé de 60 m.

En 1905, l'ingénieur hongrois Trojan Vuia s'installe en France. Il dessine et fait construire une machine qui ressemble à une automobile sur laquelle on aurait posé des ailes et fixé une hélice ; les roues avant sont directrices. Vuia vole sur 24 m en 1907. L'appareil, incontrôlable, ne se stabilise pas et tombe. Vuia abandonne l'aviation pour se consacrer à l'automobile.

Au Danemark, Jacob Ellehammer réussit en 1906 un saut de 40 m avec un appareil et un moteur de sa fabrication.

S.F. Cody à l'exposition
de 1903 (Alexandra Palace,
Londres)

Un vrai cow-boy de Far West et un prestidigitateur de renom, contemporain de William F. Cody, dit Buffalo Bill (avec lequel il n'a aucun lien de parenté), tel est Samuel Franklin Cody.

En 1890, Cody émigre en Angleterre, et se passionne tout d'abord pour les cerfs-volants, qu'il fait planer devant les curieux, en costume de cowboy.

Il effectue le premier vol officiellement homologué en Grande-Bretagne (424 m), le 16 octobre 1908, avec un avion qu'il a construit pour l'armée. Cela se passe à Farnborough, devenue depuis haut lieu de l'aviation britannique.

S.F. Cody dans son avion le *Cathedral* (1909)

Le petit monoplan – semblable à une *Demoiselle* – de l'Allemand Hans Grade (1909)

Le danois Ellehammer et son triplan (1908)

Hélices et moteurs

Moteur Antoinette (1908) 50 ch, 8 cylindres en V.

L'hélice entre dans l'air comme la vrille entre dans le bois, emportant avec elles, l'une son moteur, l'autre son manche.

Nadar, 1863

L'Aéromotocyclette d'Ernest Archdeacon démontre l'utilité de l'hélice comme moyen de propulsion. Elle atteind 80 km/h.

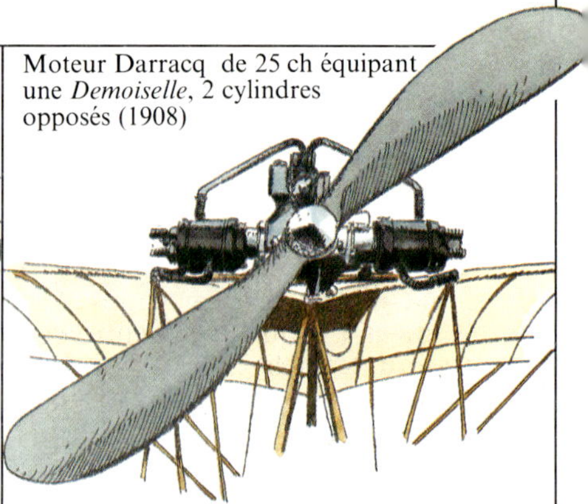

Moteur Darracq de 25 ch équipant une *Demoiselle*, 2 cylindres opposés (1908)

Les ancêtres des **hélices** sont les grandes ailes des moulins actionnées par le vent. Les premières hélices aéronautiques leur ressemblent un peu. Mais l'action est inverse : ces espèces d'ailes vrillées, entraînées par le moteur, assurent la propulsion de l'aéroplane.

Les **moteurs à explosion** mis au point pour l'automobile naissante sont allégés pour l'avion et celui-ci vole vraiment. Dans un cylindre, on

Un *Blériot* de 1912. Quand le moteur tourne, l'appareil sans frein est maintenu au sol par des hommes.

injecte un mélange inflammable d'air et de carburant. Une étincelle provoque une « explosion » qui pousse le piston auquel est attaché une extrémité de la bielle. L'autre extrémité est reliée à la manivelle du vilebrequin. La bielle tranforme ainsi le mouvement rectiligne du piston en mouvement rotatif du vilebrequin, ce qui provoque la rotation des hélices.

Les cylindres peuvent être disposés, selon leur nombre, de différentes façons autour du vilebrequin. Ainsi, on parle de cylindres alignés (à plat, en V, en W), en éventail, en étoile, opposés.

En vol, l'ensemble de propulsion moteur-hélice produit une force appelée poussée, à laquelle s'oppose une résistance appelée traînée. Pour que la vitesse de l'aéroplane reste constante, il faut que la poussée soit égale à la traînée. Si elle est supérieure, l'avion accélère, ou ralentit si elle est inférieure.

Le « chariot automobile » du capitaine Ferdinand Ferber, construit, en 1906 pour étudier l'action des hélices.

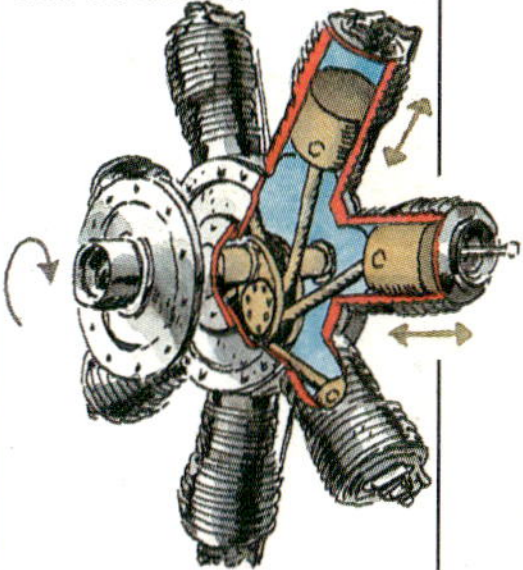

Le célèbre moteur Gnôme des frères Seguin (1908). 50 ch, 7 cylindres en étoiles.

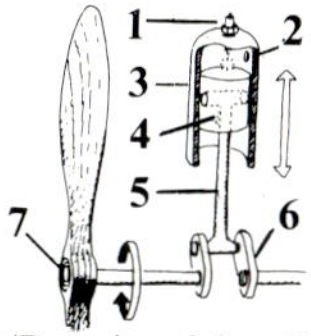

1/Bougie « étincelle »
2/Arrivée du combustible
3/Cylindre
4/Piston
5/Bielle
6/Vilebrequin
7/Axe sur lequel sont fixées les hélices

La puissance du moteur est variable et s'exprime en chevaux-vapeur (ou chevaux), ch en abrégé.

Les constructeurs

L'hélice en bois contrecollé apparaît en 1909 : bois dur, veines orientées longitudinalement pour résister à la force centrifuge.

Le bambou est le matériau le plus couramment utilisé pour la construction des premiers aéroplanes. Rigide, léger, il ne demande aucun façonnage. Il a aussi l'avantage d'être peu coûteux. Les tiges sont assemblées par de petites pièces de métal. La solidité de l'ensemble est obtenue par un croisillonnement de câbles métalliques appelé haubanage. Par la suite, le bois – le sapin, le frêne, le bouleau –, qui convient mieux à la construction de voilures plus perfectionnées, remplace le bambou.

Quatre longerons (1) courbés donnent la forme du fuselage. Ils sont reliés entre eux verticalement par les montants (2), et horizontalement par des entretoises (3) ; cette structure caractérise la plupart des premiers avions. Les surfaces aérodynamiques sont entoilées (soie vernie, toile de lin enduite), de même que les ailes. Celles-ci comprennent, elles aussi, un ou deux longerons (1) qui supportent les contraintes de torsion et de flexion. Des nervures (4) perpendiculaires s'appuient sur ses pièces maîtresses.

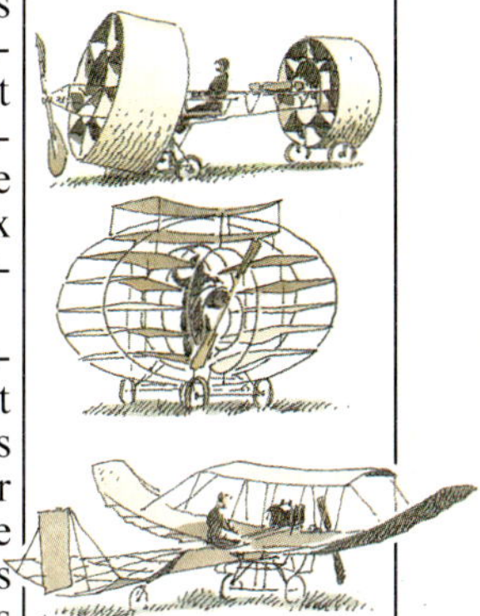

Certains cherchent des formes nouvelles : le résultat n'est pas toujours convaincant !

Léon Levavasseur, (1863-1922) : ancien artiste, constructeur du célèbre moteur Antoinette (1907) et de l'avion du même nom, avec lequel Hubert Latham bat le record d'altitude (155 mètres), à Reims, en 1909.

Dans les premiers ateliers aéronautiques, les ouvriers découpent le bois, assemblent les pièces du fuselage et des ailes ①, puis tendent le haubanage ②. Le moteur est réglé ③ et l'hélice est façonnée ④, le tout dans les odeurs de colle et d'huile de ricin.

Les débuts de l'industrie aéronautique

Les frères Voisin, Charles (1884-1912) et Gabriel (1880-1974), dans leur atelier à Billancourt

Les premiers aviateurs sont seuls maîtres d'œuvre de leur aéroplane et de leur moteur. Il sont à la fois inventeurs, constructeurs et pilotes.

A partir de 1907, les progrès se succèdent rapidement. Le vol contrôlé est au point, et les moteurs Antoinette (1907) et Gnôme (1908) sont légers et fiables.

Confortés par leurs succès, certains décident, dans les années 1907-1910, de construire pour les autres. Ce sont principalement des avionneurs français, Voisin, Levavasseur, Blériot, Farman, et américains, Wright et Curtiss. Ainsi naissent les premières usines aéronautiques.

De tous les animaux qui n'ont cessé d'habiter l'homme comme une arche vivante, l'oiseau, à très longs cris, par son incitation au vol, fut seul à doter l'homme d'une audace nouvelle.

Saint-John Perse

En 1907, le Français Robert Esnault-Pelterie rassemble les commandes de son avion, *le REP*, sur un seul levier, le « manche à balai ».

Le *n° 6*

Le *n° 7*

Deux monoplans de Louis Blériot (1907)

L'avion *Voisin* – moteur Antoinette –, piloté par Henri Farman, remporte, le 13 janvier 1908, prix Deutsch-Archdeacon, destiné à récompenser le premier pilote ayant voler sur 1 km en circuit fermé.

Issy-les-Moulineaux

L'hélicoptère

La graine de sycomore

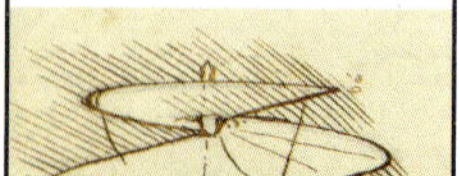

La « vis aérienne », ou « hélicoptère », de Léonard de Vinci, inspirée par la vis d'Archimède

Quatre plumes fichées dans un bouchon, un bouchon à chaque extrémité d'une tige entraînée par une corde d'arc, une fois la tension de la corde relâchée, les deux rotors soulèvent l'appareil jusqu'au plafond : c'est le premier « hélicoptère », de George Cayley (1795), qui reprend la découverte de deux Français, Launoy et Bienvenue, en 1794. Toutefois, c'est Léonard de Vinci qui avait le premier imaginé l'hélicoptère.

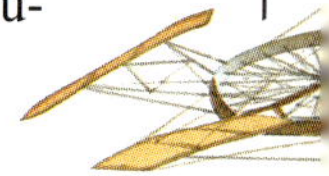

En 1843, Cayley dessine *le Pigeon*, appareil capable de décoller à la verticale, grâce à deux paires de rotors, et

Le Pigeon de George Cayley (1843)

de se propulser à l'aide de deux hélices normales. La sustentation – l'équilibre – est assurée par les pales pivotantes des rotors, qui se joignent pour devenir quatre ailes en forme de parapluie.

Dans les débuts de l'aviation, les décollages et les atterrissages des aéro-

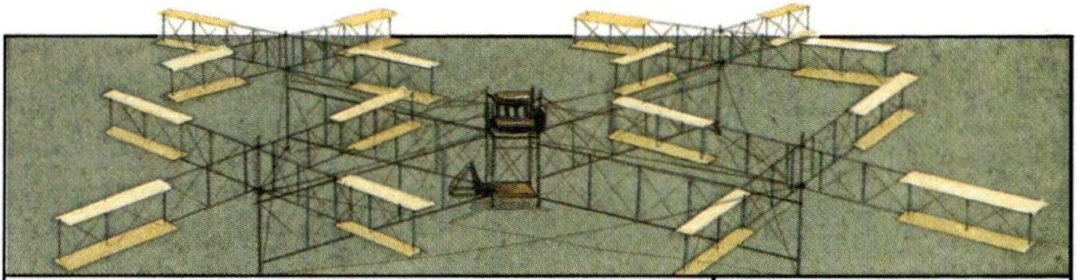

planes à voilure fixe sont très scabreux. Selon certains, le problème peut être résolu par l'envol vertical.

Le Gyroplane, de Bréguet et Richet (1907)

L'hélicoptère de Paul Cornu (1907)

la fin de l'air
et la fin du monde
sont ronds comme
des ballons
mais tandis que la fin
du monde
reste assise sur son
pliant
la fin de l'air saute
d'un arbre de tournois
dans une cage vide
qui voltige dans l'air

Jean Arp

Les célèbres moteurs Antoinette vont encore permettre ces deux premières réalisations : le 29 septembre 1907, à Douai, *le Gyroplane*, de Bréguet et Richet, s'élève avec son pilote pendant plus d'une minute à 1,50 m du sol, toutefois la machine est retenue par des câbles pour éviter tout accident. Et, le 13 novembre 1907, à Lisieux, c'est Paul Cornu qui réalise le premier vol libre avec un hélicoptère – trente secondes, 1,50 m du sol.

Je trouve que si l'instrument pourvu d'une hélice est bien fabriqué – c'est-à-dire fait d'une étoile dont les pores soient obturés avec de l'amidon – et promptement tourné, ladite hélice tracera une spirale en l'air et l'élèvera haut.

Léonard de Vinci

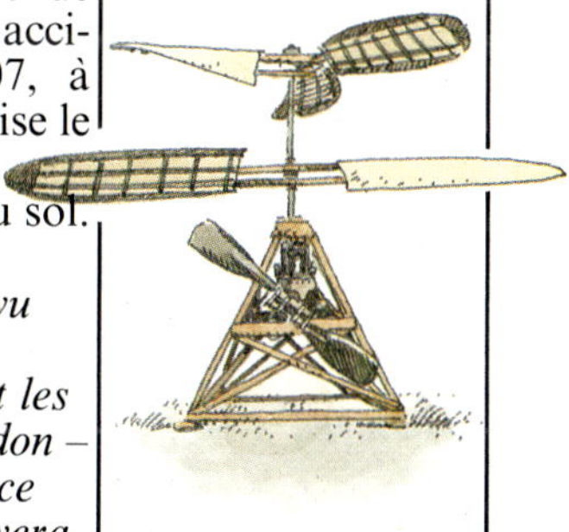

L'hélicoptère de Louis Vuitton : une tentative de 1910.

La traversée de la Manche

L'Antoinette, de Levavasseur, l'avion d'Hubert Latham.
Envergure : 12,80 m.
Longeur : 11,70 m.
Poids total : 500 kg.
Moteur : Antoinette de 50 CV.

Le *Blériot XI*, l'avion de Louis Blériot
Envergure : 8,60 m.
Longueur : 7,80 m.
Poids total : 300 kg.
Moteur : Anzani de 25 CV.

Ils sont deux Français, en 1909, à se disputer la traversée de la Manche. Hubert Latham part le premier de Sangatte, le 19 juillet. Il fait beau. Dix minutes plus tard, à 300 m de haut, le moteur cale, et *l'Antoinette* s'abîme dans les flots.

Mais, puisque Latham envisage de recommencer, Blériot prend le départ dès que le temps est favorable ; nous sommes le 25 juillet. Il s'envole des Barraques, passe au-dessus du cap

Je vais, je vais tranquillement sans aucune émotion, sans aucune impression réelle.

Louis Blériot

Latham attend les secours sur son épave flottante.

Blanc-Nez. Trente minutes plus tard, près de Douvres, un garde champêtre lève les yeux vers les nuages : « J'aper-

Louis Blériot

çus quelque chose comme un grand papillon qui filait dans le ciel. Je téléphonai au poste de police, puis courus aussi vite que je le pus. Je rencontrai l'homme volant dans la prairie et il me serra la main dans les deux siennes. C'était formidable. »

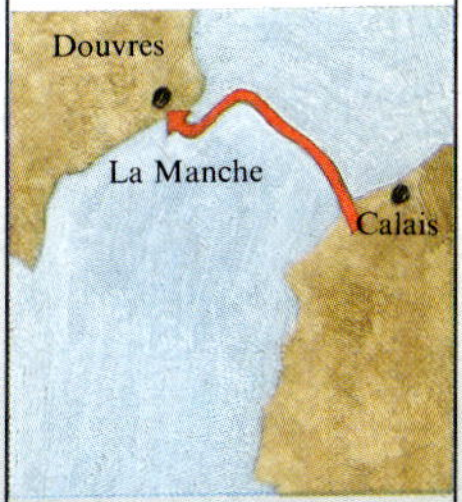

La traversée de Blériot : le premier exploit international

Les hydravions

Gabriel Voisin, sur l'aéroplane *Archdeacon*, tiré par un canot de course, décolle de la Seine le 8 juin 1905.

L'hydro-aéroplane d'Henri Fabre, baptisé *Hydravion*, est le premier appareil à décoller d'un plan d'eau, le 28 mars 1910, à Martigues.

L'Avro, de 1911, du constructeur anglais A.V. Roe (1877-1958). La carlingue de l'appareil est fermée.

La première tentative de décollage sur l'eau a lieu en 1901, près de Vienne. Elle est due à un Autrichien de soixante-cinq ans, Wilhelm Kress, facteur de pianos. Kress manœuvre lui-même son aéroplane à double coque d'aluminium, muni de trois paires d'ailes en tandem et de deux hélices propulsives entraînées par le moteur à

Le Curtiss A-1, de 1911

essence Daimler de 30 CV. Soudain, un obstacle l'oblige à virer brusquement. La machine se retourne et coule. Kress abandonne son projet.

En 1909-1910, d'autres renouvellent l'expérience : parmi eux, Blériot, les frères Voisin, les frères Wright. Le plus célèbre est l'Américain Glenn Curtiss, il construit en 1911 le premier hydravion vraiment au point, avec un flotteur central et un stabilisateur à l'extrémité de chaque aile. Cet appareil, dérivé de son biplan à hélice propulsive de 1909, vole le 26 janvier. Curtiss met au point en 1912 le premier hydravion à coque centrale, dans laquelle se trouvent le pilote et les commandes, conception alors toute nouvelle.

L'Aérodrome de Langley, modifié et piloté par Curtiss, en 1914, sur le lac Kenka (Etat de New York)

Glenn H. Curtiss (1878-1930)

Les vols publics

Le 28 mars 1908, Léon Delagrange, sculpteur français, emmène dans son avion – un *Voisin* – Henry Farman, mais le poids des deux hommes empêche l'appareil de décoller.

A partir de 1908, les progrès sont extraordinaires. L'aviation pratique est née et on commence à l'envisager comme un moyen de transport.

Le 13 janvier, Farman réussit un parcours entre deux pylônes distants de 200 m. Et, le 30 mai, il décolle de Gand avec Ernest Archdeacon sur 1 241 mètres ! C'est le premier vol avec passager.

Le 8 juillet, à Turin, Delagrange réussit à s'envoler accompagné de la Française Thérèse Peltier – première passagère féminine – sur 200 m, à 5 m de haut.

En juillet, Wilbur Wright s'installe en France, au Mans, pour commercialiser le *Flyer* ; il emmène un passager à la demande et fait des vols de démonstration ; à la fin de l'année, il a

A l'école de pilotage qu'il a créée à Pau en 1909, Wilbur Wright donne une leçon de vol au roi d'Espagne Alphonse XIII, passionné d'aviation.

Le 4 juillet 1908, Curtiss et son *June-Bug* réussissent, en Amérique, le premier vol en public de plus de kilomètre.

Est-ce de l'aviation que naît à cette époque la mode des jupes entravées ?

battu tous les records du monde (durée, altitude – 120 m – et distance), mais toujours en circuit fermé.

Le 30 octobre, Farman réalise entre Bouy et Reims le premier « voyage » aérien (27 km à 75 km/h), à 25 m d'altitude.

Les pilotes perfectionnent leur art. Les postulants au vol sont nombreux. Des écoles sont créées, ainsi que des aérodromes, et un brevet obligatoire de pilote est institué à la fin de l'année 1908.

Un code de navigation est instauré. Aux pilotes qui se posent n'importe où, la maréchaussée dresse procès-verbal sur-le-champ.

Les meetings

Le premier grand meeting international, à Reims, en 1909

Pour faire connaître au grand public les prouesses de l'aviation, des meetings sont organisés, d'abord en France, puis dans d'autres pays. Ces réunions sont de véritables centres d'essais où se mesurent tous les aviateurs,

Indicateur de vitesse Etevé

La poussée du vent due à la vitesse de l'avion appuie sur la plaquette. L'aiguille indique la vitesse normale de l'avion lorsqu'elle est sur le trait rouge. Au-dessus, la vitesse est trop élevée pour l'appareil, au-dessous, il perd de la vitesse et risque de décrocher.

célèbres ou non. Certains de ces pilotes sont indépendants, d'autres volent pour une marque. Et là, la concurrence des constructeurs est directe.

Le premier grand meeting international est organisé à Reims, en août 1909, et dure une semaine. Pour attirer les pilotes, les grandes marques de champagne offrent beaucoup d'argent. Plus de quarante pilotes sont inscrits. Trente-quatre sont présents et seulement dix-huit se qualifient en exécutant un vol obligatoire. Parmi eux, quinze Français, un Espagnol, un Anglais et un Américain, Curtiss. Ce dernier, à 73,637 km/h de moyenne, gagne la coupe Gordon-Bennet, épreuve de vitesse sur 2 tours d'un circuit de 10 km. Blériot gagne le prix de vitesse sur 1 tour avec 76,995 km/h. Le champion d'endurance est Farman, avec 180 km parcourus ; il gagne aussi l'épreuve avec passager. Latham remporte, avec 155 m, le prix d'altitude.

James Gordon-Bennet, grand mécène sportif, finance des expéditions, crée des prix pour des courses d'automobiles, de bateaux, de ballons, et offre le trophée du prix principal au meeting de Reims.

1/Le biplan *Farman*
2/Le monoplan *Blériot*
3/Le biplan *Curtiss*
4/Le biplan *Wright*
5/Le biplan *Voisin*
6/Le monoplan *Antoinette*

6

5

Les courses

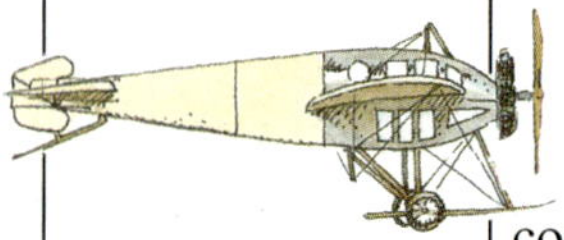

L'Avro F, de l'Anglais A.V.Roe (1912). Pour la première fois, le pilote est enfermé dans une structure d'aluminium.

Les avions type Wright sont largement distancés dans les meetings. L'évolution est surprenante et la France est, avec douze constructeurs, le chef de file de cette industrie naissante. Pour vendre à l'étranger, il faut se faire remarquer, et pour se faire remarquer, il faut remporter une victoire importante.

Le public raffole de l'avion. Les premières courses aériennes ont lieu en 1910. D'abord intervilles, comme le circuit de l'Est – couru en six étapes, du 7 au 17 août dans l'est de la France –, ou Londres-Manchester, Saint-Petersbourg-Moscou, les cour-

En quatorze heures et à 120 km/h de moyenne, Jules Védrines (1881-1919) remporte la course Paris-Madrid en 1911.

ses deviennent internationales, comme Paris-Madrid ou Paris-Rome. Puis, plus long encore, le circuit européen, toujours par étapes, est créé en juin 1911, il totalise 1 650 km.

Mais la navigation aérienne n'existe pas encore, c'est encore l'aventure, et bien des pilotes se perdent dans la campagne, sans compter les fréquentes pannes de moteur. Récupérer les avions coûte trop cher, et les courses sont abandonnées. On revient donc aux meetings, et tous les records de Reims en 1909 sont pulvérisés. En 1913, le record d'altitude passe à 5 900 m, celui de vitesse à 200,5 km/h.

Départ du *Déperdussin* : les « rampants » maintiennent l'avion au sol quand le moteur tourne, en attendant le signal du pilote pour le lâcher.

De nouveaux avions rapides se dessinent, avec des appareils comme le coursier monocoque *Déperdussin*, de l'ingénieur Béchereau, premier avion à dépasser les 200 km/h, en 1913 :
Envergure : 6,50 m.
Longueur : 6,10 m.
Moteur : Gnôme 14 cylindres en double étoile 160 CV.
La rigidité du fuselage est assurée par la coque, et non plus par une armature.

Les raids

Georges Chavez (1887-1910), originaire du Pérou. Il s'écrase à l'atterrissage avec son *Blériot*, en Italie, à Domodossola, juste après son exploit du 23 septembre 1910.

Les obstacles n'existent plus

L'avion devient plus rapide que le train, les obstacles n'existent plus.

En 1910, le célèbre Charles Rolls – des automobiles Rolls-Royce – réussit l'aller-retour sans escale au-dessus de la Manche ; Georges Chavez franchit les Alpes ; le premier vol de nuit est réalisé en Argentine.

En 1911, Calbraith P. Rodgers traverse les Etats-Unis, d'est en ouest, en quatre-vingt-deux étapes et quarante-neuf jours ; Pierre Prier relie Londres à Paris sans escale ; le premier vol postal est réalisé en Inde.

L'oiseau
rejoignant son ombre
se posa doucement sur elle
à Bizerte

Jean Cocteau

En 1912, l'Américaine Harriet Qimby traverse la Manche.

La traversée de la Méditerranée

L'événement le plus important est la traversée de la Méditerranée par Roland Garros en 1913. Le 23 septembre au matin, les réservoirs de son *Morane-Saulnier* sont pleins – 150 litres d'essence. Ceinturé d'une chambre à air, le pilote se loge dans l'habitacle, et l'avion décolle de Fréjus... vers Tunis, à 5 h 47. Mais au-dessus de la Sardaigne : « Soudain, un éclatement sinistre de métal brisé, un ébranlement de tout l'appareil... Sur mon capot, une bosse s'était produite ; la tôle était percée, il en sortait des gouttes d'huile noire que le vent me jetait à la figure. » Mais le moteur tourne toujours, Roland Garros hésite... « Atterrir, c'était mutiler cette traversée, abîmer un rêve. » Il ne lui reste que cinq litres d'essence quand il atterrit à Bizerte, après 7 h 53 de vol. De quoi voler dix minutes, pas plus...

Le monoplan *Morane-Saulnier* à moteur Gnôme de 60 CV.

La traversée de Roland Garros

Roland Garros (1888-1918)

La traversée de la Méditerranée par Roland Garros, le 23 septembre 1913

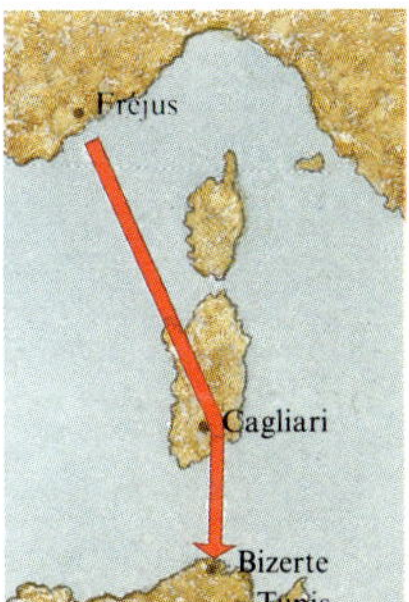

A la veille de la Grande Guerre

En 1909 a lieu au Grand Palais, à Paris, la première Exposition internationale de la locomotion aérienne. Il y a trois-cent-trente-trois exposants (dont trois-cent-dix-huit français). Le public est là, et aussi les hommes d'affaires, qui pensent bien tirer profit de ce nouveau moyen de transport.

Mais les vols ne sont pas encore sûrs. Il y a des accidents et même des morts. Trente-deux pour l'année 1910 !

Alors, pour plus de sécurité, les pilotes se ceinturent à leur siège pour éviter d'être emportés par une turbulence. Le port du casque se généralise. Les premiers essais de saut en parachute ont lieu en 1912.

Ces techniques sont mises au point par des casse-cous, pilotes qui bravent le danger, comme Adolphe Pégoud. En 1913, il vole sur le dos pendant 500 m. Puis il réalise le premier looping de l'histoire de l'aviation et toute une gamme de figures rocambolesques. Il devient ainsi le premier pilote d'acrobatie aérienne. Pégoud est tout simplement en train d'inventer la technique du combat aérien. Et dans la foule, il y a des militaires qui comprennent l'intérêt d'un tel engin !

L'aéroplane pendait au ciel. Je me sentais dans un équilibre odieux. Mais comme la mécanique se renversait, il nous fallut faire un tour dans le vide en nous rétablissant sur des anneaux.

Antonin Artaud

L'avion ! l'avion !
qu'il monte dans les airs,
Qu'il plane sur les monts,
qu'il traverse les mers,
Qu'il aille regarder le soleil
comme Icare
Et que plus loin encore
un avion s'égare
Et trace dans l'éther
un éternel sillon
Mais gardons-lui
le nom suave d'avion
Car du magique mot
les cinq lettres habiles
Eurent cette vertu d'ouvrir
les ciels mobiles.

Guillaume Apollinaire

Adolphe Pégoud (1889-1915)
L'idée des figures de voltige lui est venue, en 1913, alors qu'il sacrifie un *Blériot* pour essayer le saut en parachute.

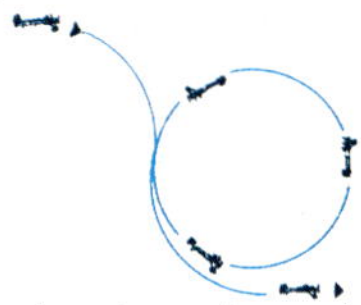

Le looping, « inventé » par A. Pégoud

Si certains militaires croient en l'avenir de l'avion, d'autres sont plus sceptiques, si l'on en juge d'après la célèbre phrase du maréchal Foch : « Tout ça, c'est du sport. L'aviation, pour l'armée, c'est zéro. » Et d'après celle, non moins célèbre, du Conseil de défense : « Laissons-les s'amuser à voler, tant qu'ils n'effraient pas les chevaux. »

Le petit lexique des fous volants

Aérodynamique
Se dit d'une forme quand celle-ci est conçue pour offrir le moins de résistance possible à l'air.

Aéronautique
Science de la navigation aérienne et technique de construction de tous les appareils de la locomotion aérienne.

Aéronef
Tout appareil pouvant se déplacer dans l'air.

Aérostat
Appareil qui évolue dans l'air grâce à l'utilisation d'un gaz plus léger que l'air : ballon dirigeable.

Aérostier
Personne qui se trouve dans la nacelle du ballon. Observateur dans cas de ballon d'observation.

Aileron
Surface articulée sur le bord de fuite de l'aile, qui commande les virages.

Ascensionnel
Une force ascensionnelle est une force qui fait monter.

Avion
Du latin *avis*, qui veut dire oiseau.

Avionneur
Constructeur d'avion.

Ballon captif
Aérostat d'observation retenu au sol par un câble. Son vol est ainsi entravé, contrairement à celui du ballon libre.

Bréchet
Partie saillante de l'oiseau qui correspond à notre sternum, et sur lequel s'attachent les pectoraux.

Bielle
Bras mécanique qui transmet le mouvement du piston au vilebrequin.

Biplan
Aéroplane avec deux ailes superposées.

Bords d'attaque et de fuite
Bords de l'aile : le bord d'attaque, à l'avant, pénètre dans l'air ; l'air glisse sur le bord de fuite, à l'arrière.

Canard

Un aéroplane a une voilure dite en canard, quand sa surface mobile de contrôle de profondeur est située à l'avant de l'appareil, exemple : *le XIV bis* de Santos-Dumont.

Charles Jacques, (1746-1823)

Dessinateur et constructeur du premier ballon à hydrogène.
Le 27 août 1783, les habitants de Gonesse attaquent un ballon à hydrogène tombé du ciel (*le Charlière*, de Jacques Charles) parti de Paris, à 25 km de là.

Cheval ou **cheval vapeur**

(Abréviation ch) Unité de mesure définissant une force capable de déplacer 75 kg sur un mètre en une seconde.

Cruciforme

Un empennage cruciforme est un empennage en forme de croix, agissant à la fois sur la profondeur et la direction.

Cylindre

Pièce cylindrique fermée à une extrémité, dans laquelle le piston est mû par l'expansion des gaz (ou explosion) entraînant ainsi la bielle.

Décrochage

Il y a décrochage lorsque la portance d'un avion n'est plus efficace : celui-ci tombe.

Délester

Enlever du lest, du poids. Dans le cas des ballons, on vide des sacs de sable.

Dièdre

Angle dessiné par la rencontre de deux plans différents.

Empennage

Surfaces placées à l'arrière de la queue de l'avion, le stabilisant en profondeur et en direction.

Entretoise

Dans la structure du fuselage, pièce qui relie horizontalement deux longerons.

Envergure

Largeur d'un avion, d'une extrémité à l'autre des ailes.

Fuselage

Forme du corps d'un aéronef.

Gauchissement

Vol avec gauchissement d'aile : pour contrôler le roulis, ou virer, on tord l'extrémité des ailes en tirant sur un câble. Cette méthode a été remplacée par l'aileron.

Gaz

Au début, pour gonfler les aérostats, on recourt à l'air chaud : c'est un système dangereux, car il faut entretenir un feu à la base de la toile du ballon. L'air est remplacé par l'hydrogène, moyen d'élévation plus efficace, mais cher ; puis au XIXe siècle, par le gaz d'éclairage, plus répandu, et, plus tard, par le gaz de coke. Mais tous trois sont inflammables. Aujourd'hui, on utilise de l'hélium, gaz ininflammable.

Gouvernes

Surface mobiles qui contrôlent les trois mouvements d'un avion : le roulis, le lacet, le tangage.

Gouvernail

Gouvernail de profondeur et de direction : gouvernail qui permet de contrôler le tangage et le lacet, le roulis étant contrôlé par les ailerons ou le gauchissement des ailes.

Hauban

Cordage métallique (au début, corde à piano) servant à consolider l'armature ou la structure en bois des aéroplanes par un système de croisillonnage.

Hélice

Sorte d'aile vrillée entraînée par le moteur et assurant la propulsion de l'aéroplane. Elle peut être tractive, montée à l'avant du moteur ou propulsive, montée à l'arrière. Les premières hélices sont en bois entoilé ; en 1905, ce sont des palettes arrondies fixées aux extrémités d'une tige.
En 1909, apparaît l'hélice moderne, en bois contrecollé.

Huile de ricin

Huile ajoutée directement au carburant pour graisser l'intérieur du moteur, évitant ainsi l'emploi d'un système indépendant de lubrification.

Hydrogène

Le plus léger des gaz utilisés pour gonfler les aérostats, vers 1790 ; on l'extrait à partir de l'eau en faisant circuler dans un tube de la vapeur d'eau sur du fer chaud.

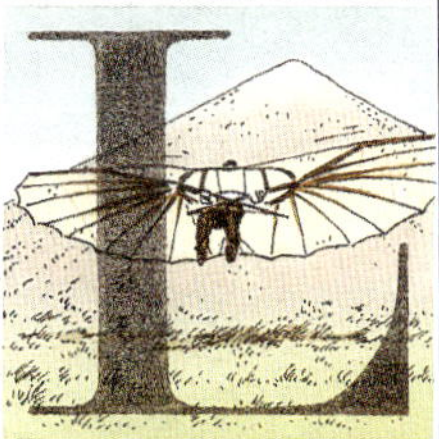

Longeron

Pièce maîtresse (ou principale) dans le sens de la longueur de la structure, d'une aile ou d'un fuselage.

Monocoque

Un avion monocoque (ou avion à fuselage), a une structure dont le revêtement supporte les principales contraintes.

Montants

Dans la structure du fuselage, c'est une pièce qui relie verticalement deux longerons.

Montgolfière

Les frères Montgolfier ont donné leur nom aux aérostats dont l'enveloppe est remplie d'air chaud. Un foyer se trouve à la base de l'enveloppe.

Multiplan

Aéroplane à plusieurs ailes superposées. Le monoplan n'a qu'une seule aile.

Nervure

Pièce composante de la structure d'une aile.
Elle donne au revêtement le profil aérodynamique désiré.

Ornithoptère

Du grec *ornis, ornithos* : oiseau. Aéronef à ailes battantes.

Piston

Pièce cylindrique mûe par l'explosion à l'intérieur du cylindre et qui transmet son mouvement rectiligne au vilebrequin au moyen de la bielle.

Portance, portance/poids

C'est la composante verticale des forces aérodynamiques qui s'exercent sur l'aile d'un aéroplane. L'avion est propulsé à une certaine vitesse, et les ailes assurent la portance.

Propulsion

Le moteur produit une force (dite de propulsion) qui assure le déplacement de l'aéronef grâce à l'hélice.

Rectrices

Les rectrices sont des plumes qui sont situées sur la queue de l'oiseau et qui servent de gouvernail.

Rémiges

Les rémiges sont les grandes plumes des ailes d'un oiseau. Se sont elles qui battent l'air et propulsent l'animal.

Revêtement

C'est ce qui recouvre la structure d'un aéroplane.
Le revêtement des premiers avions est en toile enduite ou vernie.

Saut à ballon perdu

Technique des premiers sauts en parachute à partir d'aérostats.
L'aérostier, la nacelle et le parachute descendent après séparation du ballon.
Ce dernier, délesté, prend rapidement de la hauteur. Vers 1810, une méthode permettait de le récupérer. Un lest était rattaché au sommet du ballon par une corde.
Une fois la nacelle-parachute détachée, le lest faisait se retourner le ballon qui, l'orifice tourné vers le haut, se vidait de son gaz et redescendait vers le sol.

Sustentation

Maintien en vol d'un aéroplane, réalisé grâce à la propulsion, qui engendre la portance.

Vilebrequin

Dans le moteur à explosion, c'est un arbre coudé, articulé avec les bielles, qui transforme le mouvement rectiligne du piston en mouvement de rotation.

Voltige

Evolution acrobatique d'un avion. Inventée par Adolphe Pégoud en 1913.

Zeppelin

Nom donné par le comte Ferdinand von Zeppelin aux dirigeables construits par sa société.
Le premier vole en 1900, à Friedrichshafen, sur le lac de Constance, et le dernier en 1939.
Leur longueur varie de 120 m à 240 m, et leur vitesse de 45 km/h à 110 km/h.

Table des matières

8/L'oiseau
10/Mythes et légendes
12/Les hommes volants
14/Les machines imaginaires
16/Les cerf-volants
18/Les plus légers quer l'air
20/Les ballons
22/Le parachute
24/Les dirigeables
28/Sir George Cayley
30/Les plus lourds que l'air
32/Clément Ader
34/Otto Lilienthal, l'homme volant
36/A l'aube du XXe siècle
38/*L'Aérodrome* de Samuel Langley
40/Les frères Wright
42/Le vol contrôlé
44/Santos-Dumont et Ferber
46/Les premiers vols européens
48/Hélices et moteurs
50/Les constructeurs
52/Les débuts de l'industrie aéronautique
54/L'hélicoptère
56/La traversée de la Manche
58/Les hydravions
60/Les vols publics
62/Les meetings
64/Les courses
66/Les raids
68/A la veille de la grande Guerre
70/Le petit lexique des fous volants
75/Biographie de l'auteur

Biographie de l'auteur

Jame's Prunier, ou aéronef à ailes battantes (monoplan).
Fiche technique :
Constructeur normand : Prunier-Laurensou
Date de mise en service : le 25 avril 1959 à Oran (Algérie).
Envergure : 1, 655 m (sans les plumes).
Longueur : 1,725 m.
Poids à vide : 70 kg.
Poids total en charge : 72 kg.
Moteur : 56-72 pulsations/minute (au repos).
Vitesse maximum : 1 double page de ce livre par jour.
Carburant : préfère le vin rouge à l'encre de chine.
Particularité : bien que toujours dans les nuages, n'a jamais réussi à s'envoler.

Table des poèmes

6. Cyrano de Bergerac, Les Etats et Empires du Soleil. **9.** Bernard Lorraine, Oiseaux, (*la Poésie comme elle s'écrit*, Ed. ouvrières, « Enfance heureuse », 1979). **11.** Philippe Desportes, Icare (1546-1606). **12.** Bernard Lorraine, Oiseaux (*la Poésie comme elle s'écrit*, Ed. ouvrières, « Enfance heureuse », 1979). **13.** Léonard de Vinci, Les Carnets de Léonard de Vinci (Gallimard, 1942). **14.** Jules Verne, Robur-le-Conquérant (1886). **16.** Jean Cocteau, l'Invitation à la Mort (*Le Cap de Bonne Espérance*, Gallimard, 1925). **33.** Frédéric Kiesel, La chauve-souris (*Pâques sauvages*, la Maison internationale de la Poésie, Bruxelles, 1974). **36/39.** Victor Hugo (Soleils couchants, IV. *Les Feuilles d'automne*, 1832). **41.** Saint-John Perse (*Oiseaux*, Gallimard, 1963). **42.** Victor Hugo (Oiseaux et enfants. *Les Chansons des rues et des bois*, 1865). **53.** Saint-John Perse (*Oiseaux*, Gallimard, 1963). **55.** Léonard de Vinci, Les Carnets de Léonard de Vinci (Gallimard, 1942). **55.** Jean Arp, Des taches dans le vide (*Jour Effeuillés*, Gallimard). **66.** Jean Cocteau, Parabole de l'enfant prodigue (*Le Cap de Bonne Espérance*, Gallimard, 1925). **68.** Antonin Artaud, Le Rêve (Gallimard). **69.** Guillaume Apollinaire, L'Avion (Poèmes retrouvés).